발자국 편지

김계반 시집
발자국 편지

인쇄 | 2021년 11월 10일
발행 | 2021년 11월 15일

글쓴이 | 김계반
펴낸이 | 장호병
펴낸곳 | 북랜드
　　　　06252 서울 강남구 강남대로 320, 황화빌딩 1108호
　　　　41965 대구시 중구 명륜로12길 64 (남산동)
　　　　대표전화 (02)732-4574, (053)252-9114
　　　　팩시밀리 (02)734-4574, (053)252-9334
　　　　등록일 | 1999년 11월 11일
　　　　등록번호 | 제13-615호
　　　　홈페이지 | www.bookland.co.kr
　　　　이-메일 | bookland@hanmail.net

책임편집 | 김인옥
교　　　열 | 전은경 배성숙

ISBN 979-11-92096-08-7 03810
ISBN 979-11-92096-09-4 05810 (E-book)

값 10,000원

발자국 편지

김계반 시집

북랜드

| 서시 |

명치 끝에 피는 꽃

소매물도 벼랑 끝에서 만난
동백꽃 한 송이에 운 적 있다
마른 울음이었다
금간 바위틈
볼펜 자루만 한 키에 꽃을 달다니,
청록색 반짝이는 이파리가 받쳐 든
꽃잎은 왜 그렇게 붉고
꽃술은 또 그렇게 샛노란지
둘러보니 주변에는
동백 한 그루 보이지 않는데
몫을 다하는 진짜 앞에서
말의 곳간이 비어있었다
명치 끝에 피는 꽃
마른 울음을 울 뿐 詩 앞에서, 나는
늘 먹먹하다

2021년 가을 김계반

차례

2

3

4

1

연금술사

내가
낡은 스웨터를 풀어
모자를 짜고 양말을 짜고
머플러를 짤 동안

사막이
방울뱀을 풀어
아주 특별한 한 송이 장미와
아주 특별한 한 마리의 양을 위하여
아주 많은 별들을 떠나
아주 작은 별로 돌아가려는
어린왕자의 외투를 찾는 동안

뒤뜰 은행나무는
청동비늘을 풀어
흐아, 황금연못을 만들어놓았네

찔레꽃 부케

밤하늘에 실금을 내던 손톱이 고인 어둠을 둥글게 파내었다
방죽이 터지고 콸콸 쏟아지는 달빛 아래
찔레꽃 부케가 떠내려가고 있다
하늘로 시집가는 엄마가 단발머리에게 던지는 꽃다발이다

낯익은 골목을 돌고 또 돌아도
바람은 허기진 뱃속에서 지도 밖의 길을 헤매고
너무 먼 하늘을 쳐다보는 어지럼증은
푸른 벼랑 아래로 흩어지는 하얀 꽃잎 때문이었다

다가서면 돌아서는 향기
싹둑 잘라낸 옷고름 속에는 더 이상 향기가 고이지 않았다
팔작지붕에다 솟을대문은 잦은 꿈속에나 있고
언제 헐리고 들어섰는지 이층 양옥도 지금은 낡아가던데

기별을 넣듯 오월은 또 오고
차창 너머 물오른 초록이 찔레꽃 다발 하얗게 들고 서 있으면
멀리서도 그 가시에 눈 찔리고 만다

여운 餘韻

누군가를 배경처럼 나도 저렇게 날아간 적 있었던가
산을 배경으로 마을 앞 들판 위를 백로 한 마리
정물인 듯 지나간다

액자 속 수채화 같은 유리창 너머 시야에 들어와서
사라질 때까지
내 시선을 그 한 몸에 붙들어 맨 채
훨훨 날아갔다 잔영도 남기지 않고 허공은 이전같이 그러
한데

눈이 잠시 잡았다가 놓쳤을 뿐인데 내 마음의 공중
에는 그가 아직도 날고 있다
초록도 잠잠한 8월 한낮 산도 들판도 내 눈도 다시
적막하다

연자육蓮子肉 사랑

첫 만남은 그랬어
흑갈색 눈동자가 깊고 멀어서 그저 바라보기만 했어
깜깜한 사랑 앞에 서두르지 않는 너는
무명베에 꽃물을 깨우듯 아주 천천히 내게 스미었고

세상사 서툴고 힘들어서 다치고 놀라 팔딱이는 새 가슴을
천둥 치는 비바람에도
젖지 않는 꽃잎 속에 싸안아 단잠 들이곤 하였으니

그래 그분이었구나 너는, 천수천안千手千眼의
끓는 진흙밭에서 상앗빛 젖무덤으로 밀어 올린 꽃대
푸른 천의天衣 앞섶을 열어 내게 물리는 홍제弘濟의 젖꼭지

엄마 손은 약손, 엄마 손은 약손
배 만져주고 등 쓸어주고 이마 짚어주면 다 낫는
엄마 손은 약손이었으니

　* 연자육蓮子肉 ; 연꽃 씨(심신 안정에 좋은 약재로 쓰임)

고별행진

서로가 서로에게 걸치고 기대어 걸어가는 노부부, 저

어깨에 두르고
허리에 두른 긴 팔

미스코리아가 거리 행진할 때 두른 휘장 같다

잘 익어 수그린 벼이삭, 한 단
다리 넷이 떠받들고 간다

노을 걷히는 저녁이, 허공을 둥글게 밀어 올리고 있었다

보름을 그리는 운지법運指法

지난가을 우리 동네에서 배추농사 제일 잘 지은
범실양반, 씨 뿌릴 때 알아보았지
거북등 같은 손아래 삶을 눕히는 흙이 분결 같더라고

너에게로 가는 길은 관심이었더라
관심을 보내기 좋게 골을 타서
너와 나 사이 짜그락거릴 돌을 집어내고
기웃거리며 담을 넘볼 잡초를 뽑아내고
새집 들이고 새 이부자리 펴듯 북을 돋우는데

까꾸리같이 불거진 손가락
굼실굼실 흙의 공명통에서 긁어내는 운율이
봄바람이 이는 듯
나비가 날갯짓하는 듯
진양조로 자진모리로 농현弄絃으로 넘실거리더라

떠나지 않는 관심으로 넉넉한 일가를 이루었으니
아침저녁 파릇파릇 웃는
범실댁, 방방한 치마폭에서 나온 딱부리 아들들만 보아도
그러하더라고

늦가을 풍경

또, 가을은
그믐달같이 말라가고
산 아래 나뭇가지 사이로 애벌레 기어가듯
기차가 휘어간다

늦가을 산국화처럼
하얀 추억으로 피어날지도 모르는
기차 안의 누군가는

누렇게 빛바랜 책갈피에 끼워져 있는
꽃잎,
잎맥만 집히는 첫사랑을
봄 풀 같은 손끝으로 지금
만지작거리고 있는지도 모르겠다

마지막 기차표를 건네주는 승무원처럼
바람의 목소리가 갈라진다
저만치 앞서 당도할 겨울
설국의 문 앞에는 그 누가 기다리고 있을까

버린 것들에 대하여

살아오면서 많은 것들을 버렸다
취한 것이 많은 만큼 버린 것도 많았는데
내가 버렸다고 생각한 것들에게서
실은 내가 버림받은 것인 줄을 미처 몰랐다

헌 냄비를 찾는데 없다
찻잎 태우겠다고 비린내를 없애야 하는데
버린 지 이미 오래인 찾아도 곁에 없는 것들이
갑자기 그립다

낡았다고 버리고 망가졌다고 버리고
쓰임이 다했다 버리고 귀찮다 하여 버리고
떠나가면서 더러는 돌아보기도 하면서 떠난 것들이
그 순간 나를 버렸음을 지금 알겠다

내가 함부로 버린 것들은 그냥 나를 버린 게 아니었다
그림자를 어둠 속으로 슬쩍 집어넣듯
남긴 것이 있었으니
체취 같기도 하고 지문 같기도 한 그 무엇이었다

마라도

　손잡이를 떼어버린 문짝처럼 절벽으로 문을 닫아 건 섬
　거칠 것 없이 달려오는 바람을 야윈 손가락으로 막는 풀잎들
사이사이
　얼굴 내미는 꽃을 보았다

　이마를 낮추어 엎드리고서야 말갛게 눈 맞추고는 살래살래 고
개 젓는 것이
　가라고 그냥 흘러가라고
　그리움으로 해안을 넘는 폭풍도 내 마음에서 팔랑인 나비효과
려니
　저문 바다는 캄캄한 시간을 또 얼마나 저 홀로 출렁였겠느냐

　가슴에다 묻은 이별이 지금은 돌멩이로 흩어져 있는 애장 터
　집도 사람도 낮게 엎드려 바다만 바라보는 섬
　사랑이란 대체로 몰랐던 때보다 더욱 낯선 눈빛이었거니

　은발이 성글어지는 갈대숲에서 누겁다생累劫多生의 때를 씻고

언덕바지 풀밭 보일 듯 말 듯 작은 꽃낯으로 몇 생이라도 피고 지고

망망대해 거북이 등짝만 한 섬

마라도는 젊음의 항해 끝에 닿는 방황의 마침표 같은 섬이다

법고法鼓

적막에 박제되었던 소리다
면벽에 봉인되었던 맥박이다
여린 호흡을 짚던 북채가
소리의 근육을 비틀자
파초 잎에 울음을 쏟는 소나기
젖지 않는 땅이 없다
휘몰아 채찍질하는 법륜
고삐 조인 먹빛 소맷자락이
박동의 멱살을 잡고
우레같이 후려치는데
마른 소 울음 들었던가
소릿길을 열고 툭 불거지는 불덩이
얼떨결에 불려나온 심장이
飛天하는 장삼자락에 안기어
하늘 오르고 있었다

툭,

건드려보는 수작이다
감나무가 땅바닥에 홍시를 툭,
던지는 것도
덩치 큰 아파트 옆구리에 주먹을 툭,
질러 보는 겨울바람도
애먼 강아지를 자발없이 툭,
걷어차는 발길질도
알고 보면
대답이 그리워 그러는 것이다
나, 어떠냐고
툭,
말 거는 중인 것이다

파킨슨 씨

파킨슨의 여자가 된 육십 중반의 그녀가
전족한 여자처럼 뒤뚱뒤뚱 내 앞으로 오고 있다
장애물에 채인 것도 아닌데
풀썩, 맥없이 넘어지기도 하면서
고작 한 정류장의 거리를
네다섯 번 쉬고서야 갈 수 있는 그녀
예쁘고 상냥하고 총명했던 눈매가
어느 안개 낀 기억의 골짜기를 헤매는지
지금 내 앞에는 없다
웃으라고 웃자고 자꾸만 웃겼더니
안면근육이 말을 듣지 않는다며 어찌어찌, 키득키득,
발그레 맑아지는 뺨
망설이다 내미는 꽃무늬 답서 같다

횡단보도를 건너고 있는 할아버지
저 걸음 민망하다 자꾸만 뒤처진다 파킨슨의 남자다
짜작짜작 아기걸음마 흉내라도 내시는 건가
성큼성큼 앞서 나가는 걸음들이 힐끔힐끔 뒤돌아본다

24

파킨슨 씨
잠깐, 누가 나를 그렇게 부른 것 같다
이름이란 언제든지 바뀔 수 있는 것이었다

애지랑 날에

땅거미가 엉기기 시작하는 즈음
멀리 떠나 있을 때면 불현듯 집 생각나는 때

배고프던 시절 그맘때 손님이 찾아들면
저녁상 차리던 손 앞치마에 닦으면서 대뜸,
애지랑 날에 웬일이냐고
숟가락 하나 더 얹을 걱정이 앞서는 반색이었다

요기요, 어서 오세요, 맛있게 드세요
덜 끝낸 일과처럼
식당으로 편의점으로 향하는 세상의 저녁에
애지랑 날은 없다

애지랑 날에는 남의 집 방문을 삼가라 엄하시던 웃어른들
그 어른 그 말 지금은 찾을 수 없으니
호옥, 저승 갈 때 부장품으로 가져가셨는지 모르겠다

26

2

모자람

모자람이 없는 사람이라고 메모하던 중에
모자람의
모가 자라나는 것을 보게 되었다
자라난 모가 여기저기를 쿡쿡 찌르는
이모저모 사이로 우리말이 보였다
열두 폭 치마폭에 불거진 모를 싸안는 엄마 같은 우리말
모가 자랄까 봐
모가 보일까 봐 눈여김을 주어
둥글어라 그저 둥글어라
한결같은 정성으로 다듬고 매만지던
은근한 손길이 보였다
옛 어른들의 깊은 이마가 보였다

빌딩 그림자를 덮고 사는 뒷골목에서 하늘을 올려다보다가
푹 팬 모자람을 보았다

사전적 풀이로 모자람이란 〈기준에 미치지 못함〉
기준의 잣대를 찾아보았으나
측량 방법이 다르고 눈금이 난해하여
모호한 채 단호한 모자람밖에 보이지 않았다

껌

껌의 맛은 씹는 데 있다
여럿이 돌아가며 씹을 때는
누군가가 껌이 되기도 한다
은박지로 빤빤하게 싼 껍데기를
훌렁 벗겨 한입에 구겨 넣고
질겅,
씹으면 사르르 녹는 단맛에
샛노랗거나 새빨갛게
개미핥기처럼 혓바닥이 길어진다
부푼 물집을 터뜨리듯, 낄낄
이런저런 비하인드 스토리
근질근질하던 잇몸이 욱신거리고
턱관절이 뻐근할 때까지
습관성으로 씹어대다 퍼뜩,
재재재재 퍼덕이며 날아간 지저귐을
수습해보는 것인데
돌돌 말아 쓰레기통에 밀어 넣으면서
찜찜하고도 씁쓰레한 뒷맛
다시는 씹지 말아야지 껌, 하고는

초승달

흉터다
비수가 새긴 인장印章이다

말 한마디에 서늘하게 베여
캄캄하도록 저문 가슴에
하얗게 돋은 편월片月

꽃 이파리 같은 저, 입

시퍼런 날을 접고 있는
칼집이다

양파

생얼이라니까요 가면 같은 거 없다니까요
눈으로 못 믿겠으면 벗겨보세요
마구 벗겨서 미안하다고 눈물 찡할 건 없어요
반지르르한 껍질에 대해서 물으시나요?
오해랍니다 말해봤자 변명 같지만
먼지처럼 날아다니다 자리 잡고 주인 행세하는
뜬소문 같은 거,
아니 땐 굴뚝에서도 연기가 나던 걸요
아마도 굴뚝 쪽에서 피운 것이거나
빨간 혀끝에서 나온 그을음일 거라고 짐작은 하지만
떠도는 구름 같은 게 소문이라서
그러니까 자꾸 벗겨보라니까요
직성이 풀리지 않으면 팍 쪼개어 보셔도 좋아요
에계! 텅 비어있다구요?
껍데기 뿐이라구요?
그러니까 生이 가면뿐이었다구요?

생얼이라니까요
글쎄, 제가 가진 것이라곤 하나뿐이었다니까요
어떻게 부르든지 그건 당신 몫인 것 같군요

저 남자는 한다

날씨는 춥고
왕복 8차선 횡단보도 앞에서
서른 초반쯤의 키 큰 남자가 혼자 울고 섰다
버스 안에서도 들릴 만큼 앙앙
큰 소리로 울고 있다
종이가방이랑 배부른 비닐봉지 한 손에 잔뜩 그러쥐고
한 손은 비어있다
오후 세시
이따금 스쳐 지나가는 행인들이 힐끗거릴 뿐
누구 하나 다가서지 않는데
앞만 보고 하늘만 보고 소리쳐 우는 남자
기이한 일이라고
승객들은 저마다의 추측을 들었다 놓는다
누구라도
저렇게 울고 싶을 때 없었을까
우쭐우쭐 어깨들이 키재기 하는 빌딩 숲속에서
잡고 있던 손을 놓쳤거나

손 잡아줄 누군가가 간절해서
저렇게 울고 싶을 때가 한두 번이었을까
다들 못 하는데, 저 남자는 한다

지렁이 울음소리

노을이 비껴가는 으스름 녘
마른풀 더미 속 어디쯤서 흘러나오는 소리
지렁이 울음소리라 했다

번화가 행인들 발길이 우거진 어디쯤서
배를 깔고 바닥을 기는 사내의
전자반주를 타고 흘러나오던
놓칠 듯 질기게 따라오던 단조의 음계

도공陶工이라면 도기에서
지렁이 울음소리를 들을 수 있어야 한다고
누대 물림으로 흙을 주무른 *심수관의 말씀이 있었다
지구의 흙 대부분은 지렁이 뱃속을 다녀왔다는데
거칠고 딱딱한 흙으로 피 적시며 목 가다듬은

지렁이의 울음은
터널처럼 길고 어두운 뱃속을 빠져나오느라
머리를 짓찧고 몸이 바스러진
흙의 울음이기도 하다

더듬더듬 시간을 거슬러 기어가다 보니
내 몸을 수없이 관통한 낯익은 소리이기도 했다

 * 심수관 ; 일본에 끌려가 사쓰마 도기를 만든 심당길의 14대손

발자국 편지

길을 모르도록 눈이 내리고
마당 응달진 곳에 쌓인 눈
오랫동안 그대로였다

바닥이 보이기 시작한 건
발자국이 찍힌 데부터였다
처음 한 줄은 고양이가
조신操身이라고, 낙관을 또각또각 찍었고
그 다음은 발바리가
무망 간에 미안타고 난감함을 흘려 썼고
좀체 무게를 내려놓지 않는 산새도
가벼운 소식 몇 자 십자수처럼 놓고 갔다

다문다문 꽃부리 서체로, 이웃이
말 걸고 간 자리
마당 귓불 언뜻언뜻 봄이 돋고 있었다

폭설暴雪

역사의 두루마리를 펼치면 오점으로 남아있는
네로 아저씨나, 연산군 아재나, 히틀러 형님
하나같이 폭군의 대명사다

서막이니 희망이니 은총으로 등극했을 왕관
가볍게 본 것이 문제였으리라
무게를 느끼지 못하는 한 잎 두 잎의 만행이
그만했으면 좋을
잣대를 부러뜨리고 미쳐 펄펄 뛰다가
악업으로 쌓이는 제 몸이 제 몸의 무게에 눌리어
왕관이 짜부라지고
나라가 짜부라지고 세계가 짜부라졌으니

막무가내로 내리는 은총이 겁나는 계절이다
무신 말쌈이신지 하늘이 또
하얀 퍼즐조각을 흩뿌리고 있으니

주홍 글씨

처음 보았다, 뱀의 허물
꽃무늬 질긴 천형天刑의 통로 하나
텃밭 모서리에 벗어놓고 갔다

허물이란 애써 숨기고 싶은 물건인데
숨김으로써 영혼에 새길 죄의 문장紋章
제 몸에 새기고 끌던 허물을

문패처럼 걸어놓고
어두운 눈 저, 밟을까
피하시오, 피하시오
종 울리러 갔는지 보이지 않았다

　*제목 : 소설, 주홍 글씨(나타니엘 호손)에서 빌려 씀.

38

호미

산비알 도라지 밭고랑에
등 굽은 노모
솟았다 갈앉았다 초록 물결에
떠내려가고 있다

땡볕에 달구고 비바람에
연단鍊鍛하여
높다랗게 휜 등날

땅을 물고 지쳐온 아흔 해
눈도 귀도 아슴한 절벽 저 너머
깨금발로 손 흔드는
보랏빛 꽃방울, 하이얀 꽃방울

잡았다가 놓쳤다가, 석양이
솟은 등을
산그늘 쪽으로 밀고 있다

내 구역이야

길고양이에게
밥을 주는 사람, 돌을 던지는 사람
아파트 주변의 밤은 길고양이들의 세상이다
절뚝거리는 새끼고양이 한 마리
아파트 경비원이
이리 온, 이것 먹을래?
고등어구이를 통째로 거두어 먹이기도 하면서
풋잎 돋듯 정들어가던 나날 중
재롱떨며 품 안에 드는 새끼고양이
털이 뜯기고 피부가 긁힌 것이 말이 아니었다
알고 보니 길고양이들의 짓
그때부터 한 손에는 밥, 한 손에는 돌멩이로
그 구역에 군림했었는데
여느 때처럼 먹을 것을 들고 새끼고양이를 찾다가
헝클어진 한 줌의 검불을 발견했다
한참을 살펴본 어이없는 그것
주검 저만치
살집 좋은 덩치 하나가
꽁지를 빳빳하게 치켜세우고 똥구녕을 내보이며

조롱하듯 노려보고 있지 않은가
돌멩이를 찾았으나 덜덜덜 손이 말을 듣지 않았다
그 구역의 주재자 앞에서
그는
가까스로 온기가 가시지 않은 주검만을 챙겨 돌아섰다

폭주족

달콤하게 읽고 있던 잠 한 페이지가
거친 파열음에 찢겨 나갔다 밤 두시 이십분

풀을 눕히며 질주하는 맹수처럼
순식간에 도시의 흐름을 찢어놓는 무법자
티브이에서 헬멧을 벗기니 앳된 얼굴이었다
왜 달리느냐는 기자의 질문에
시작했으니까
공부하라는 부모가 싫었고
선생님과 싸운 뒤 중학교 2학년
목초지를 떠나 사막을 달려온 에쿠스
그런데 무섭다고
함께 타고 달리던 여친이 트럭 밑으로
들어가 버렸다고
그래도 떠듬떠듬 달릴 수밖에 없다고

찢긴 페이지에 신경 쓰여
더 이상 잠이 읽혀지지 않는 밤
곰곰 생각해보니 필사적인 질주는 언제나
쫓기는 쪽이었던 것 같기도 하고

홍차

혼잣말처럼 창밖엔 비 내리고
차 한 잔 우리노라니
서두르지 않고 낮은 음역으로 풀어놓는

한때는 왕실에 바치는 공물이었거나
실론 여인들의 노역이었거나
젖은 달빛을 두르고 비탈을 걸어온, 찻잎은

찬피성 체액의 두껍고 거친 살갗이다
독하고 골진 성품 그윽해지기까지
수시로 역류했을 시고도 떫은맛

모래바람 속에서 길을 찾던 낙타의
속눈썹에 말라붙은 눈물자국 같은
멀어서 그리움이 된 그날을 돌아

연잎에 맴돌다 떨어지는 빗방울 소리로
볼우물 패는 찻잔
꽃등 빛 발그레 훈김이 돈다

천지 일출天池 日出

빛은 어둠이 피운 꽃이더라
석 달 열흘 눈보라에도 가슴에 온천을 품은
백두산 천지天池

밤새 고약처럼 달인 한 솥 어둠 위로 하늘의 신령,
봉황이 황금빛 깃털을 펼치자
땅의 정령인 청룡이 불을 뿜으며 하늘 오르는데
직하한 봉황의 붉은 부리가 청룡의 꼬리를 받치더라

청룡이 또한 봉황의 꼬리를 받치고 돌아가기를
하늘과 땅이 상모 돌아가듯 휘모리로 돌다가
갖가지 빛이 소용돌이쳐 지극하더니
백두 천지는 크나큰 한 송이 꽃으로 눈부시더라

그 꽃 심을 열고 모두발로 비상하는 흑점
삼족오三足鳥
솟구쳐 태양 문안에 드는 것이 제집인 듯
그 집 삼발 솥에서 모락모락 지은 햇살을

지상에다 골고루 뿌리니 火氣에서 和氣로 운기하는
바람이 일어 지상에는 꽃들이 소곤거리더라

태양은 꽃의 씨방
고운 눈으로 보면 온 세상 꽃 아닌 것 무엇이던가
세상은 꽃으로 잇댄 빛의 조각보더라

가문 날의

오랫동안 사람의 일에만 젖어있어서
저수지 바닥을 치고 있는 물고기를 생각지 못했네
덤불이 야위어가는 풀숲에서
지나가는 발소리에도 화들짝 날아오르는
박새 떼의 조바심을 알지 못했네
쿵, 온몸을 던져서 설해목이 될지언정
키를 넘는 눈보라에도 산색을 장악하던 소나무가
녹슨 진검眞劍처럼 푸른 검광을 꺾고
혀끝을 녹이던 대구사과가 팔공산 등골을 넘어
소백 태백산 품으로 단맛 찾아 떠나버렸다
봄가을의 근육이 아열대처럼 늘어지고
집 앞에서 집을 찾는 치매노인처럼
집 나간 사막이 불 켜진 마을을 기웃대고 있다
늙는다는 것이 더는 젖을 수 없어
몸 말라가는 일이라면
지금 땅덩이가 늙고 있나 보다
꽃잎을 물었던 달무리가 기약 없이 쓸려가는 밤
후텁한 바람이 창문을 넘어와

잠의 덤불에 손을 넣고 휘저어댄다
나이 탓인가
몽그라진 싸리 빗자루 거꾸로 세우는 듯
잠에도 가뭄이 들고 있네

3

비눗방울

똑, 똑, 똑,
그리움이라 노크했는데요
꽃송이 송이 허공이
설렘이라 웃어보였어요
감았다 뜨는 눈꺼풀 사이로
줄기도 없이 뿌리도 없이 홀연히 피어
한순간 가슴까지 번지는 파문
눈으로는 잡아도
손으로는 잡히지 않는
있음과 없음의 경계를 가볍게 설파하고는
이내 몸짓을 풀어버리는 꽃
오고 간 흔적 없이
이전으로 돌아온 막막한 허공이
잠시 낯설었습니다

머리와 가슴 사이

내 사랑이
머리에서 가슴까지 내려오는 데
70년이 걸렸다고
지인이 문자를 보내왔다
봉사와 희생이라면 팔 걷고 앞장서는
사랑의 자판기 같은 지인의
고백의 향기가 진했다 어질어질했다
가깝고 먼 이웃에게 베풀고 나누고 헌신했던 그 모두가
가슴을 향한 머리의 오체투지였다니
함이 없는 다함을 향하여
온몸 마디마디 굳은살이 배도록
이마를 조아리고 오체로 바닥을 덮은 고행의 시간이
70년이었다니
평소 농담으로 핑퐁 치는 사이지만
나는 이 순간부터 그대를 존경하겠소, 라고
마침내 당도한 그녀의 사원에
하례하는 꽃송이를 바쳤다
그 사랑 오래오래 사그라지지 않는
향기 속에 머물기를
가슴 앞에 두 손 모아 촛불을 켰다

설경雪景

낡고 삭은 거룻배같이

병상에 묶여

밤과 낮 이승과 저승의 물길을

십여 년간 트고 다닌 노구老軀

그 눈빛에 눈이 내리고 있다

지성知性은 앙상했다

앙상한 나뭇가지를 스치는 몇 마디 말은

늘 살을 에는 찬바람이었다

부모를 일찍 여읜 누이를 보듬는

그의 사랑 법이었다

여름에도 자주 추운 나는

그의 찬바람과 마주치면 벌벌 떨곤 했다

흐려진 나의 눈빛에서도

눈이 내리기 시작했다

깊숙이 간직했던 봉지를 풀듯

마른입술의 그가 향기를 터뜨렸다

따뜻한 안부를 건네는 눈 덮인 가지 끝에서

가까스로 나는 설중매를 보았던 것이다

눈 잎인지 꽃잎인지

눈앞이 뿌옇다

장미전쟁

길 가다가
담벼락에 발린 듯이 핀 줄장미를 보고
친구가 진저리를 쳤다
저 징그러운 핏방울들, 제 얼굴의 발진이라 했다

꽃은 가시의 다른 얼굴이었다
콕콕 찌르거나 생살을 부욱 북 찢고서야
거죽을 뚫고 나오는 가시
가시를 이기기 위해서는 가시보다 더 지독해야 했는데
핏줄기 따라 가시가 돋을 때마다
손톱으로 방바닥을 파거나 벽에다 머리를 짓찧거나
입은 옷을 찢어발기며 소리소리 지르거나
10층 난간에서 백기를 던지고 싶었던 밤과 낮

전쟁도 시간의 손바닥 안에 있었다
승전에는 전리품이 따라왔다
쓰러진 가시들이
그녀 얼굴에 넘치도록 꽃숭어리를 바친 것이었으니

장미꽃 다발이 되어버린 얼굴은 무거웠다
남 앞에 얼굴 들기가 어려웠으므로
피부과의원을 돌고 또 돌며
꽃다발을 나누어 바쳐야 했다
봄 가고 또 봄 가도록 줄어들지 않던 그 꽃
*대상포진은
진열이 쉬 꺾이지 않는 질긴 꽃줄기였다

 * 대상포진(帶狀疱疹) ; 바이러스가 감염되어 일어나는 병. 삼차신
   경 늑간신경 좌골신경 따위의 지배영역에서 일어나는 일이 많음.

너,

문턱에 채인 발가락이 펄쩍 뛰었다
발가락뼈가 으스러졌을 거라고
병원 가라는 주변의 권유에도 이까짓 것
몇 달을 절뚝거렸는데
발톱 깎다가, 어헛
너덜너덜 쪼개어져 올라오는 발톱
나는 잊고 있는데
저는 잊지 않고서
십여 년 지난 지금도 발톱 깎을 때마다
조심 좀 하지 그랬냐고 바짝 들이댄다
초록에서 단풍,
펄럭이던 물기 다 내려놓고
흙먼지 속에 흩어졌다
먼 꽃잎이거나 풀잎인들 또 어찌하랴
뼈끝으로 써 내려간 일기
윤회의 자맥질 속에서
솟구쳤다 갈옆기를 그 얼마,
허리를 구부린 바다가 뽕밭을 일구고

바람을 낀 모래언덕이 사막을 걷는 사이
하늘 맑은 아침이 오면
정 도탑고 웃음 넘치는 마을 어귀
그늘 수굿한 느티 한 그루였으면 좋겠네

무릎을 쓰다

돌쩌귀가 문을 여닫는 생명이라면
정글의 생존법칙은 무릎이다
달려야 먹을 수 있고
달려야 먹히지 않을 수 있으니
태어나자마자 벌벌 먼저 세우는 것이 무릎이다
무릎을 꺾으면 그것으로 게임아웃
문은 더 이상 삶 쪽으로 열리지 않는다
세우기 힘든 건 우리네 무릎도 녹녹지 않다
내 자리를 지키거나 발돋움하기 위해
남의 무릎 앞에서
뻣뻣해지거나 후들거렸던 때가 한두 번이었던가
우격다짐으로라도 바로 세우고 싶은 그것을
스스로 접고 꿇어
아이를 낳고 집 안팎을 돌고 닦으며
기꺼움에 과소비인 줄도 모르고 함부로 썼으므로
잔고가 바닥난 무릎
바닥난 통장은 시리고도 쿡쿡 쑤시는 것이
함부로 쓸 것이 아니었다고

볼멘소리로 툴툴거려도 더 이상 출금할 수 없는 난감
망가진 돌쩌귀를 갈아 끼우듯
유명세를 탄 전문의 앞에 조촘조촘 다가앉는 무릎
생계비를 대출받는 중이다

남 도사 뎐

산골 저의 집 지은 사람인데요, 남 도사는
목수에서 미장, 보일러에서 전기까지 못 하는 게 없는 재주꾼,
머리를 허리께까지 찰랑거리며
핫팬츠에 배꼽티, 근육질 몸매로
낭창낭창 걸을 때면 딱 이십대 아가씬데, 수염으로 반쯤 덮은
얼굴은 그믐밤처럼 깜지요

햇볕 가림은 물론 산소용접 때
보안경조차 사양하는, 자칭 도사는
피부가 끝내준다고 늘 자랑인데,
돼지비계를 많이 먹어서 그렇다대요
돼지비계가 다이어트엔 그만이라고
뚱뚱한 사람만 보면 거품 무는 그의
삼시세끼는 돼지고기, 밥은 일주일에 한 끼면 충분하다구요
단칸 조립식 하나를 석 달 넘어 걸렸는데

커피를 박스째 사다놓고 마을 사람들과
이야기 반나절 일 반나절

오십대 초반의 그가
천일야화보다 다채롭게 들려주는 경험담은
주로 힘 자랑 여자 자랑 참,
마누라는 2년마다 바꾸는 것이 그의 공식인데
지금 마누라는 8년째라
바꿀 때가 늦었다고 껌처럼 씹으면서
천문지리나 약초, 먹거리 얘기를 할 때면 그럴 듯도 한데
시간 약속은 꽝인 것이
공사 현장에 있어야 할 사람이
광양에서 서울에서 전화를 받으니
그 덕에 제가 신경성 위장염으로 고생 좀 했지요

어디로 튈지 모르는 뿔 많은 그가
자신이 채취한 약재로 딱한 이웃을 낫게도 해주고
버려진 건자재를 주워 독거노인 거처를 지어주기도 하구요
건축은 예술이라 돈보다는 일을 즐겨야 한다면서
소나무로 서까래 다듬어 옛 맛 살려놓은 천장을 볼 때면
입가에 웃음이 돋아, 도사 맞다 생각이 들기도 하지요

떠돌이별

꽃에 취하면 꽃 위에 무너지고
막걸리에 취하면 다리 밑에서 큰大자
눕는 곳이 집인 떠돌이도 가끔은 눌러앉을 때가 있어서
산속에는 화전민이 버리고 간 집이
마을에는 빈 재실이 그의 집인데

맑은 일 궂은 일 남의 일 잘 나서서 눈썹 휘날리지만
마무리는 열에 아홉이 갸우뚱
눈 맑고 수줍음 많은 그가 제 가슴 막힐 때면

생니 하나씩 깨부수기도 해서
별 하나 정수리에 꽂고 사는 그에게 송신되어 오는
은하계 소식 전할 때에도 그의 말은 숭숭 바람이 샜었지

어쩌다 통기 되어 찾아가면
마당에 석쇠 걸고 갓 딴 표고버섯 어슷어슷 썰어
솔가지에 구우면 기차게 맛있다고 연기에 눈 찡긋찡긋
먹으라고, 어서 먹으라고 밀어주기만 하던

그가 지난해 가을 간암으로 세상을 떠나버렸다

바람 말고는 옷 한 벌 따로 걸친 것 없었으니
사라져버렸다가 맞겠다
어느 은하계에 빈 집 하나 났다고 유에프오가 그를
데리러 왔었던 모양이다

지인 한 사람 잃는다는 것은
갈 곳 하나 잃는다는 말이었다
길 하나 막힌 다음에야 그가
막막하던 때의 길이었음을 알게 되었다

설해목雪害木

눈은 겨울의 은총이다
겨울여행을 여행의 백미라 하는 것도
숫눈 위에 첫발자국을 찍는 설렘 때문이리라
발목이 저리도록 눈 덮인 산길을 걸어
소복한 쌀밥같이
포근한 솜이불같이
산속 암자에 들면
앞서 당도한 마음이 등 뒤 산문을 닫아건다
때로 은총은 캄캄했다
쌓인 눈 위에
멈출 줄 모르고 또 눈이 내리면
더는 무게를 견디지 못하고
가지가 찢기거나 통째로 넘어지는 설해목
그런 밤이면 산도 따라 쩡 쩡 울어
잠 설치곤 하는데
그 겨울산행에서 돌아오는 길
동행한 친구의 고향엘 잠시 들른 적 있다
쇠락한 고택의 뼈대는 품이 있어 보였다

적막이 고여 있는 뜰 안을 한참 흔든 후에야
방문을 열고 내다보는
안채와 사랑채의 두 노인
부부인가 했는데
되나오는 길 친구 얘기가
모자지간이라 했다
–우리 큰어매 용심이 그랬제
저 오빠 어릴 적
시아버지 보약을 몰래 먹인 것이 과하여
평생 사람 구실 못 하는 바보로 만든 것이제
큰어매 옷섶에 피는 눈물 꽃 아니겠나, 저 오빠
한때는 신동 났다고 마을이 들썩했었제–

그녀의 *게르

목초지를 골라 지구 곳곳 2남 2녀를 유목하는 그녀는
김치 된장 동해의 청정 해산물까지 꼼꼼 챙겨
밀라노 뉴욕 파리 베이징을 수시로 옮겨 다니는 그녀는

바이칼에서 천산, 천산에서 다시 태백을 오르내리며
*홍범구주로 광활한 대지의 고삐를 쥐고 유목하던
배달민족의 밝힘증이 도진 것이라 하겠다

돈 다 뺏기고 늘그막에 마누라까지 뺏기게 생겼다고
자식만큼 큰 도둑이 다시 있겠냐고
흰소리하는 서울의 남편 곰솥까지
삐까뻔쩍 그녀는 글로벌 유목에 밝았으므로

게놈으로 정독한 그녀의 자손들은 훗날
견우직녀의 오작교를 지나
안드로메다에서 그 너머 은하계까지 눈썹 휘날리는
코스모스 유목민이 될 것이라 미루어 밝혀 본다

*게르 ; 몽골인의 이동식 천막집

*홍범구주(弘範九疇) ; 고조선 건국 이후 국가를 다스리는 교본으
  로, 9개(五行 五事 八政 五紀 皇極 三德 稽疑 庶徵 五福 六極)의 조
  항으로 규범을 정한 大法임

홍안의 노옹

백세 노옹이 매일
물구나무서기를 해 뜰 녘마다 한 시간씩 한다 했다

어제 했으니 오늘 하는 것이며
오늘 했으니 내일도 할 것이라
더러는 무호흡에 이르기도 한다는데
그 경지야 헤아릴 바 못 되지만
수련할 때의 그 모습이
솔가지를 차고 날아오르는 학 같다 했다

어느 피안을 향해 이륙하려는 것일까
지치지 않는 비행연습으로
시공의 비밀번호를 찾아 쥐고
순간 이동을 해낸 갈매기 조나단처럼
그대로 몸을 솟구쳐 우화등선이라도 하려는 걸까

발을 거꾸로 하여 하늘을 걷는 저 행기
멀리 뛰려고 벼르다 오금이 붙어버린 개구리처럼

어제 살았으니 오늘 사는 것이며

오늘 살았으니 내일도 살 것이라, 어쩌면

이승에 오금이 붙어버린 건 아닌지 또, 모르겠다고

담을 넘보다

힘께나 쓰게 생긴 옆집 뒤안의 구지뽕나무가
담 밑으로 발을 뻗어 왔습니다
새로 심은 엄나무가 맥없이 말라버리고
오이넝쿨도 옥수수도 발붙이지 못하던 내 집 뒤안이
저것의 짓이었구나
가시를 앞세운 줄기로 시퍼렇게 기세 펴는, 저것
광합성을 못 하면 그만이리라
푸르게 돋는 족족 낫으로 쳐 냈는데요
웬걸요 깐죽거리는 것이 끝을 모르지 뭡니까
또 나오고 또 나오고, 에라
모진 맘먹고 뿌리를 도려내기 시작했는데요
덜컥,
벗어부치고 나서는 빗장뼈에다 불끈불끈 알통들
호미날 삽날로 연신 찍어도 능글능글 연장은 튀고
뻘뻘, 진땀을 보고 마을 사람들
마구 들이대는 데는 제초제가 제격이라고
마, 확, 붓고 뚜껑 덮어뿌소
천지 경계도 모르고 함부로 땅굴을 파는 저것
내막이 드러난 이상 그냥 둘 수는 없겠고

그렇다고 막 볼 수도 없는 일
날을 두고 달을 두고서라도 실근덕 실근덕 구슬려
제 본디 자리로 돌려보낼 요량입니다

통점痛點

나,(여기 있다) 좀 보아달라고
찌익 누르는 벨이다
혹사했다거나 홀대했다거나
반란의 신호이기도 하겠다
온몸의 신경을 일제히 불러 모으고는 정작
딴청 부리기 일쑤인 것이
속이 아파 음식을 못 넘기는 친구가
남편의 손을 잡고 명의를 찾아 헤맸지만
위장에서는 아무 단서도 못 찾고
우울증이라 했다
외로움이 그 통점이라는데
몇 년째 복약 중이다
외로움이란 삶의 성장통이 아니던가
한때 키와 몸집을 부풀린 꽃이던 그것이
문득 낯선 통증으로 다가와
시나브로 불러놓고는 단풍잎같이 낯 붉히는
치료점이기도 한 통점

가시를 곤두세우고 입을 감춘 고슴도치가

제 몸 동그랗게 말아 쥐고

못 찾겠다 꾀꼬리, 숨바꼭질하자는 것 같다

고사목枯死木

얼마나 흔들렸으면 저렇게 멀까
얼마나 흔들렸으면 저렇게 남루할까
등걸만 우뚝 고사목 한 그루 산마루를 걷고 있다

바람을 들이는 것은 초록이었다
흔들리기를 좋아하는 초록
새들도 흔들리는 우듬지에다 둥지를 트는 건
초록끼리의 수작이리라

아버지 방 빈 지 수년이 지났는데
이따금씩 그 방에서 넘어오는 기침 소리
바람을 안고 헤매던 한 생을
새벽마다 긁어 올리는 해소 소리

발아래 우쭐거리는 초록 저 멀리 산마루
저무는 날 환영같이
허위허위 고사목 한 그루 걸어가고 있다

1학년 2반

쉬는 시간 수업시간을 분간 못 하는 아이들로
교실은 난장판이기 일쑤였지요

책상 위에서 뛰어내리는 배트맨
친구 등을 타고 오르는 스파이더맨
교실 바닥을 뒹굴고 기는 포복맨
방과 후 남아서 벌 서는 선생님의 단골들이지요

배트맨은 명심보감 다섯 줄 쓰기
스파이더맨은 동시 다섯 편 쓰기
포복맨은 10분간 명상하기
학기말 무렵이 되자 단골이 끊기기 시작했지요

학교에 공부하러 오냐 놀러 오냐는 선생님의 질문에
당연히 놀러 오지요 라고 대답한
우리 집 귀요미도
진원자 선생님의 단골손님이었답니다

그렇게, 문안에 들다

머꼬
딸이라예, 어무이
웃목에 엎어뿌라 고마, 그거 내 다 못 키운다
그 나마의 노산老産이
홍두깨로 찰지게 뒤민 며느리의 힘이었으니
문전박대였다
허허허 우리 집 고명단지라
아버지 계면쩍어 하실 때면
남사시럽구마는
아들 둔 어미 도둑 보고 웃지 말고
딸 둔 어미 화냥 보고 웃지 마라 캤는데
아들 여섯 끝에 다 늦까 딸이 머꼬
앞채이서 남 숭은 다 봤제
그리하여 나는,
바람 귀에 꽃 웃음 흘릴까 입 가려야 하는
싹싹하고 경우 밝은 샛가지댁의
구업口業처방용으로
일당 육, 빡신 문안에 들여진 셈이었다

4

초록 수첩

뼘으로 잰 텃밭 하나 마당가에 펴놓았다
그립고 아쉬울 때마다 부르고 싶은 이름들

봄을 칸칸이 나누어 호미로 적기 시작한 것이
상추 쑥갓 가지 고추 감자 파 오이 호박
살갑게 마주 보고 싶은 바람들이 자꾸 떠올라
좁은 주소란에다 새 이름을 자꾸 써보는데

생전 처음 짓는 농사를 울타리 밖 촌로들은
박장대소하고
울타리 안의 나는 대견하다로 되새기고는
머리 벅벅 웃고

울타리를 돌아가며 초록으로 길을 낸 넝쿨들
오이랑 호박이랑
가끔씩은 이웃 밥상에 문안 다니기도 했으니

유월 수채화

앞산 쪽에서, 멧새
안부 한 끝 물고 와 대나무 삭정이 끝에 묶고는
뒷산 쪽으로 날아갔다

멧새가 쳐놓은 화폭 위에
석류꽃이 붓질하는
청옥 빛 하늘이 첫 만남같이도 팽팽한데

간짓대를 못 보았나, 왜가리
어엇, 하늘 한 끝 채어 논바닥으로 펄럭

줄줄이 맨발로 뛰어나온 연녹색 벼들이
구겨진 화폭을 펴서는
개구리밥으로 잘방잘방 눌러놓는 유월 한나절

은하, 넘치다

이별 앞에 뿌리는 눈물은
그대 가는 길에 꽃잎으로 쌓인다는데
그 꽃잎 반짝이는
별, 별, 별 이별이 모여
밤하늘에 흐르는 은하가 되었다 하자
이별에도 때때로 장마가 다녀가고
불어난 은하의 눈시울에
그날의 견우직녀 징검돌 놓으면
지상에는 가만가만 은비가 내리는데
그 밤 창문을 열면
먼 먼 길 지쳐온 그대
가로등이 드리우는 은빛주렴 열고
어렴풋이 내게로 다가설 것도 같은데
아득한 옛날
지유地乳만 먹고살던 하늘 같던 시절
욕심 없었으므로 마음 늘 깨끗하여
옷 갈아입을 일 없었을
복숭아 향 은은한 몸 그대로였다면

만남과 헤어짐 알 바 아니어서

지금처럼

여름밤 은하는 볼 수도 없었을라나

묘목

불확실한 꿈을 생략하세요
씨 뿌리고 이제나저제나 기다려야 하는
조바심을 삭제하세요
한 포기 떠다 심기만 하면 즐거운 나의 집입니다

아무리 척박한 땅이라도 문제없지요
종자는 튼튼한 미국종
멀리서 풍기는 분위기는 우아한 유럽풍
바닥을 흐르는 물관은 따끈따끈한 토종 온돌이지요

상상력이 완료된
당신의 팍팍한 일상을 감안하여 설계된 우듬지엔
재단할 때 아껴둔 시간이 저축되어 있을 거야요
선택은 또 하나의 기회이기도 하니까요

나이테는 참 잘했어요, 쪽으로 동그라미 칠 겁니다

배달은 자장면보다 빠르지요

자, 어때요

잘 빠진 스틸하우스 한 포기 사가지 않으실래요?

봄날이다

누가 바람의 가슴에 손을 넣었나
부드러운 열감이다
동토의 검은 띠를 풀고
어깨를 젖히며 다가서는 훈풍
흙이 부풀었다
묻혀서 수다를 궁리하던 풀씨들
나뭇가지에서 목을 옴츠렸던 꽃눈들
몸이 달았다
서두르는 빌딩 숲속
외투 벗은 원피스의 가슴이 먼저 부풀고
콕콕 보도블록을 깨우는 하이힐
쑥쑥 자라나는 맨 종아리들
물이 올랐다
물의 날개들이 군무를 펼치는
아지랑이
먼 산 가난했던 살림이 조금씩
윤이 돌고
실개천 버들강아지 쫑알쫑알
젖은 낙엽도 들썩거리는 봄날이다

古典劇, 동백

뜨거운 가슴은 타고난 배역이었다
타올라야 사는 불꽃이었으니

핏빛 입술을 열고
목젖이 샛노랗게 고음으로 노래하는
카르멘 혹은 카추샤
절정의 순간에 목을 꺾는 사랑이었다

절명의 순간에도
사랑밖엔 모른다고 높은음자리에서 내던지는 몸
바닥이 벌떡 일어나 받아낸다
기립 박수하는 손바닥에서 피는 꽃송이 송이
객석으로 번지는 불길이 벌겋다

아무나 흉내 낼 수 없는 뜨거운 연기력에
입 다물 줄 모르는 관객
연년이 보고도 또 보고 싶은 고전극이다

여름 소리

달뜬 개구리 소리에
익은 어둠이 진달래 화전처럼 화안하게 뒤집어지는 밤
검푸른 어둠 속에서 무논은 온통 잔치법석이다

저녁상 물린 멍석에 식구들 한 마당
엄마의 무릎베개 너머 모깃불 타는 소리
그 연기 은하수에 흘러들어
별들이 찡긋찡긋 눈 비비는 소리
두런두런 어른들 이야기 소리에
풋잠이 개구리밥처럼 뜰라치면
방에 가서 잠들라는 엄마의 핀잔에
잠 안 든다고 눈 비집어 보이면서
안갯속인 듯 자우룩 온 밭뙈기 뽀옥뽀옥
도라지꽃 꽃망울 터지는 소리
풀벌레 소리 가물가물 멀어져가던 유년

달빛 부서지는 소리에도 신발 끄는 소리에도

뚝 그치고 마는 개구리 소리

검푸른 어둠 한 상자에 저 소리 솎아

잠 못 드는 도시의 벗에게 부쳐주고 싶어라

흑장미

캄캄했겠다
붉어서 너에게 닿을 수 없는
안타까운 깨금발로
더러는 사랑한다고
빨갛게 터져 나올 것 같아
참는 혀뿌리 까맣게 탔겠다
얼마나 아팠을까
미소를 머금고 속으로 우는 꽃은
입술이 금빛이다
슬픔이 반짝이는 빛이다
반가사유상, 그 금빛 입술이 문 미소야말로
몸 저리도록 슬프게 반짝이지 않던가
지극한 모든 것은
함부로 손댈 수 없다
금빛으로 스스로를 다스리는 가시엔
독이 묻어있나니
피로써는 감히 다가설 수 없는 사랑
고쳐 돌아보면

세상 넝쿨 속에서 몸 꼬고 흐드러져
장미였으므로, 저도
얼마나 붉게 타오르고 싶었겠는가

해바라기도 때로는 비를 기다린다

바라본다는 것은
그 무엇 하나만을 쫓아간다는 것은 얼마나 목마른 일인가
얼마나 위험한 일인가

뒤꼍 울타리 안의 해바라기
가뭄 속 폭염에도 아랑곳하지 않고 해만 바라고 섰다가
잎잎이 벌겋게 타버렸다

깡으로 버티다 지쳐버린
뒤늦게 내리퍼붓는 게릴라 폭우 속의 해바라기 몰골이
소방호스에 주저앉은 불탄 집 같다

불나비

제 몸 애초에 불이었을 게다
활활 타오르는 모닥불 앞에서
발갛게 달아오르는 저 날갯짓
몇 생을 그리움에 몸 달아 헤매었으면
애초에 불꽃이었거나
애초에 작은 애벌레였거나
한때는 가까웠던 사이가 어찌어찌 멀어져
더욱 더해지는 그리움 하나만 키웠기에
사랑밖에 몰라서
또다시 목숨 받던 날부터
벼리고 벼린 듯
화염 속으로 주저 없이 던지는 몸
탁, 탁,
불꽃 튀는 소리 몸 튀는 소리
하나더라
다시는 돌아올 수 없는
깜깜한 허방으로 사라진다 해도
돌진하여 문 부수는
저,
탄탄한 믿음, 아찔하다

차 한 잔의 행복

장맛비가 내리고 있다
빗물 그렁한 창 너머 먼 산에 넋 놓다가
다구를 당겨 녹차 한 잔을 우린다
옛사람이 물은 차의 몸이라 했던가
물이 끓으면서 솔바람 소리 불러오고
귀뚝바리에서 떨어지는 물소리에 실개울이 달려와
객담으로 은근할 즈음
찻주전자 속에서 숨결을 가다듬은 차향이
활 없는 가락을 퉁겨 청아하고도 풋풋한 바람을 들인다
〈동다송〉에서 초의선사는
"홀로 차를 마시니 神의 경지라네"라고 읊었다지만
가히 그러지는 못하여도
차를 대함에 있어 언제나 나는 禮를 다한다
차나무에서부터 다구에 이르기까지
어느 것 하나 소홀해서는 얻어질 수 없는
귀한 영물靈物이기에
가난한 나로서는 지나친 호사가 아닌가 하고
되짚어보기도 하지만

밥 양식 떨어지는 아쉬움보다
차 양식 떨어지는 아쉬움이 더 크다는
차 애호가들의 뒷담에
내 귀가 턱없이 커졌는지도 모를 일이다

입실장터

마음 끄무레한 겨울
하늘빛이 낮게 가슴 누르는 3, 8일이면
입실장터로 가자
콩 한 되 팔든지, 고사리 한 묶음 사든지
허청허청 장 한 바퀴 돌아
국밥 한 그릇으로 속 녹이고 와도 좋지 않겠나
그루터기만 남겨진 들녘을 지나
벗고 선 나뭇가지들이 그리운 사람의 잡히지 않는 모습처럼
눈에 따가운 산비탈을 끼고 달리다 보면, 60년 만의
폭설을 만나기도 할 테니
가물가물한 노랫말같이 어렴풋 시작하여
눈은 자꾸 내리고
멎을 줄 모르는 노래는 점점 쌓이고
더는 못 가겠다 함부로 갈지자 놓는
자동차가 산속에 부려놓은 사람들은, 허허
꽃이 되고
잎이 되고
웃음이 된다

하늘을 헛발질하며 엉덩방아를 찧어도
자동차끼리 옆구리를 껴안거나
머릴 맞대고 씩씩거리거나 허허 사람들은
꽃이 되고
잎이 되고
웃음이 된다
눈은 자꾸 내리고
솜이불같이 포근한 한 자락에 들고 말면
입실장터는 그곳이다
깨금발 서던 그리움이 눈발 사이로 흩어져가고
눈 잎이, 눈꽃이, 내가, 가벼워지다가
그냥 가벼워지다가
날갯짓 쉬는 나비의 궁성에 입실하게 된 것이니

  *입실장터 ; 경주 불국사에서 멀지 않음.

철길

말하자면 다락방 같은 것이었다 철길은
혼자였어도 혼자이지 않았던

돌아보니 나의 보폭은 침목의 보폭에서 따온 것이었네
발바닥도 때로는 젖 덜 떨어진 입술이었지
맨발에 차악 착 감기는 침목은 달착지근했고
고치 속에서 날개를 짜깁기하려는 애벌레의 숨은 놀이는
모르는 사이 안짱걸음도 바로잡아 주었으니

방벽 없던 때의 철길 사고는 배고픈 끼니처럼 잦았고
짓뭉개고 너덜너덜 찢긴 소문에 밤잠까지 흥건했으나
나에게 손 내미는 철길은 겨울도 봄날이었지
쇄골 빗장에 걸려 곧잘 울먹이던 갈래머리
이유 모를 사춘기 물집을 흠결 없이 갈앉혀도 주었던

말하자면 뫼비우스의 띠 같은 것이다 철길은
지금은 들길 걸으며 이승 젖 떼는 중이다

꽃과 적寂과 소리와

김상환 | 시인

1.

막스 피카르트의 『인간과 말』에 의하면 세계는 한 편의 시로 가득차 있다. 그리고 그 시의 언어에는 잃어버린 전체성에 대한 그리움이 깃들어 있다. 오늘날의 시는 그 전체(성)에 대한 분리와 상실 체험에서 비롯된다. 알 수 없고 말할 수 없는 존재와 언어, 가닿아야 함에도 닿을 수 없는 내 안의 그리움. 서정시는 유와 무의 사이 존재에 대한 그리움이다. 현실의 세계와 시의 세계 사이에서 번민하는 시인은 마침내 시를 쓴다. 쓴 뒤 시는 시인을 떠나 시의 세계로 가버리고 시인은 다시 현실 세계에 남게 된다. 이런 두세계 사이에 위치하는 시인은 고독하다. 고독은 시의 완전성에 이르는 도상에 있으며, 몰입과 고요한 흐름이다. 한편, "그리움Sehnsucht이란 말에서 h에 의해 길게 늘어나는 e는 그리워하는 사람과 그리움의 대상 사이에 주어지는 거리감을 나타낸다. 이는 둘 사이를 갈라 놓은 거리 너머를 응시하는 일"이다. 너머와 여기를 잇는 말이 시라면, 눈과 마음은 시와 예술의 근간이 된다.

김계반의 새 시집 『발자국 편지』에는 서정시의 아름다움과 깊이가 있다. 맑은 고요와 슬픔, 그리고 아픔이 있다. 지배적인 정서로는 단연 그리움이다. 「불나비」를 보면, 그것은 나비 이전에 '애초에 불'이었다. 타오르는 불에 대한 그리움은 몇십 몇백 년이 아니라 "몇 생"에 걸쳐 '더해지는 그리움'이다. 죽음마저도 불사하며 "화염 속으로 주저 없이 (온몸을) 던지는" 불나비는 시인의 혼이다. "다시는 돌아올 수 없는/ 깜깜한 허방으로 사라진" 나비에게 그리움은 "체취 같기도 하고 지문 같기도"(「버린 것들에 대하여」)하다. 그리움은 "모래바람 속에서 길을 찾던 낙타의/ 속눈썹에 말라붙은 눈물자국"이거나, "연잎에 맴돌다 떨어지는 빗방울 소리"(「홍차」). 체취나 지문, 소리나 흔적만이 아니라, "감나무가 땅바닥에 홍시를 툭,/ 던지는 것도/ 덩치 큰 아파트 옆구리에 주먹을 툭,/ 질러 보는 겨울바람도/ 애먼 강아지를 자발없이 툭,/ 걷어차는 발길질도"(「툭」) 모두 그리움에서 비롯되는 감정과 양태들이다. 말과 사물은 서로를 그리워한다. 말은 「초승달」에서 보듯이 '꽃이파리' 같기도 하고 '칼집' 같기도 하다.

특히 시인의 말은 일종의 연금술에 해당한다. 「연금술사」("내가/ 낡은 스웨터를 풀어/ 모자를 짜고 양말을 짜고/ 머플러를 짤 동안// 사막이/ 방울뱀을 풀어/ 아주 특별한 한 송이 장미와/ 아주 특별한 한 마리의 양을 위하여/ 아주 많은 별들을 떠나/ 아주 작은 별로 돌아가려는/

어린왕자의 외투를 찾는 동안// 뒤뜰 은행나무는/ 청동 비늘을 풀어/ 흐아, 황금연못을 만들어놓았네")에서 보면, 시인은 한 그루 은행나무를 말하기 위해 현실과 상상의 연금술을 펼친다. 지상의 방 한 칸에서 오래고 낡은 스웨터를 풀어 모자와 양말과 머플러를 짜고, 사막이 방울뱀을 풀어 〈어린왕자〉의 옷을 찾는 상상이 그것이다. 그 결과 없는 듯 있는 뒤뜰 은행나무는 청동비늘의 황금연못으로 변화되어 태고의 아름다움을 간직한다. 그리움의 정서와 상상에 기반한 꽃과 적寂과 소리 이미지는 이번 시집의 주된 분위기와 모티브를 형성한다.

　2.
　먼저, 꽃의 경우는 자서自序 격인 다음 「서시」에 잘 나타나 있다.

> 　소매물도 벼랑 끝에서 만난/ 동백꽃 한 송이에 운 적 있다/ 마른 울음이었다/ 금간 바위틈 볼펜 자루만 한 키에 꽃을 달다니,/ 청록색 반짝이는 이파리가 받쳐 든/ 꽃잎은 왜 그렇게 붉고/ 꽃술은 또 그렇게 샛노란지/ 둘러보니 주변에는/ 동백 한 그루 보이지 않는데/ 몸을 다하는 진짜 앞에서/ 말의 곳간이 비어있었다/ 명치 끝에 피는 꽃/ 마른 울음을 울 뿐 詩 앞에서, 나는/ 늘 먹먹하다

에서 보듯이, 김계반에게 시는 '명치 끝에 피는 꽃'이다. 그 꽃은 목숨의 절정이자 영혼의 거처인 벼랑 끝 혹은 금이

간 바위 틈에 핀 동백이다. 동백의 꽃잎이 그토록 붉은 것은? 외딴 바닷가 외로 핀 동백꽃, 그 통점(암점)의 꽃을 보고 시인은 남몰래 눈물을 흘린다. 마른 (소) 울음이다. 그것은 참된 자아와 오래된 상처를 치유하기 위한 내면의 울음이며, 딴은 〈옴 마니 반메 훔〉의 '훔吽'이다. 방편과 지혜의 분별이 허물어져 함께하는 것으로서 훔은 달리 말해 시라는 주문呪文이며 진언眞言이다. 붉은 꽃과 울음을 대하면 가슴이 아프고 먹먹해져 온다. 베르스피코 에르고 돌레오 Versifico ergo doleo(쓴다, 고로 나는 아프다.) 검은 꽃, 흑장미는 '속으로 우는 꽃'(「흑장미」)이다. 슬픔의 꽃-빛이다. 그리움의 꽃, 찔레에는 남다른 의미와 정서의 깊이가 있다.

밤하늘에 실금을 내던 손톱이 고인 어둠을 둥글게 파내었다
방죽이 터지고 콸콸 쏟아지는 달빛 아래
찔레꽃 부케가 떠내려가고 있다
하늘로 시집가는 엄마가 단발머리에게 던지는 꽃다발이다

낯익은 골목을 돌고 또 돌아도
바람은 허기진 뱃속에서 지도 밖의 길을 헤매고
너무 먼 하늘을 쳐다보는 어지럼증은
푸른 벼랑 아래로 흩어지는 하얀 꽃잎 때문이었다

다가서면 돌아서는 향기
싹둑 잘라낸 옷고름 속에는 더 이상 향기가 고이지 않았다
팔작지붕에다 솟을대문은 잦은 꿈속에나 있고
언제 헐리고 들어섰는지 이층 양옥도 지금은 낡아가던데

기별을 넣듯 오월은 또 오고
차창 너머 물오른 초록이 찔레꽃 다발 하얗게 들고 서 있으면
멀리서도 그 가시에 눈 찔리고 만다
—「찔레꽃 부케」 전문

해마다 오월이면 산과 들에는 찔레꽃이 핀다. 덤불에 무더기로 핀 장미과의 그 꽃엔 가시가 있다. '가시의 다른 얼굴'(「장미전쟁」)인 꽃을 보면 아프다. 가고 없는('하늘로 시집가는') 어머니가 그리운 저녁이면 달빛이 쏟아지고 하얀 찔레꽃이 핀다. 찔레꽃 부케는 단발머리 소녀인 딸에게 엄마가 던지는 꽃다발이다. 기쁨보다 슬픔이 앞서는 순간이다. '밤하늘에 실금을 내던 손톱', 그 손톱은 한낮의 태양과 꽃빛이 아닌 어둠이다. 하여 손톱의 골을 둥글게 파내면 봇물과 달빛이 마구 쏟아진다. 찔레꽃 다발이 떠내려간다.

첫 연은 그 아름답고 슬픈 이미지의 절묘한 한 수다. 어머니가 가고 없는 낯익은 골목을 돌고 돌았어도 허기진 마음은 어쩔 수 없다. 나는 길을 헤맨다. 하늘을 쳐다본다. 어질머리. 허공과 '푸른 벼랑 아래로' 찔레꽃 향기가 하얗게 흩어진다. 어머니의 '잘라낸 옷고름 속에는 더이상 향기가 고이지 않았다'. 꿈속에서만 나타나는 팔작지붕과 솟을대문의 집은 이미 헐린 지 오래. 찔레꽃 피는 오월은 매양 가고 오건만, 한번 가신 어머니는 기별조차 없다. '바람을 들이는 것(이) 초록'(「고사목枯死木」)이라면, '차창 너머'로 오월의 초록이 '찔레꽃 다발(을) 하얗게 들고 서 있'

다. 나는 '멀리서도 그 가시에 눈'을 찔린다. 검은 빛의 그리움이다. 그리움의 꽃은 '빛을 넘어 빛에 닿은 단하나의 빛'(김현승, 「검은 빛」)이다. 나는 편지를 쓴다.

> 길을 모르도록 눈이 내리고
> 마당 응달진 곳에 쌓인 눈
> 오랫동안 그대로였다
>
> 바닥이 보이기 시작한 건
> 발자국이 찍힌 데부터였다
> 처음 한 줄은 고양이가
> 조신이라고, 낙관을 또각또각 찍었고
> 그 다음은 발바리가
> 무망 간에 미안타고 난감함을 흘려 썼고
> 좀체 무게를 내려놓지 않는 산새도
> 가벼운 소식 몇 자 십자수처럼 놓고 갔다
>
> 다문다문 꽃부리 서체로, 이웃이
> 말 걸고 간 자리
> 마당 귓볼 언뜻언뜻 봄이 돋고 있었다
> — 「발자국 편지」 전문

　표제작에 해당하는 이 시는 가볍지만 가볍지 않은 시다. 겨울이 가고 봄이 오는 뜻은? 밤새 눈이 내려 길이 지워지고 만다. 마당 그늘진 곳에는 눈이 내려 쌓인 지 오래. 바닥이 드러난 건 '발자국이 찍'히고 나서다. 매사에 조신

操身한 고양이가 낙관 찍듯 흔적을 남기면, 이번엔 귀여운 개(발바리)가 별다른 생각 없이 여기저기 발자국을 남긴다. 흘림체의 글씨다. 뒤이어 산새도 따라와 가녀린 발가락으로 십자수처럼 수를 놓고 간다. 개와 고양이, 산새가 저마다의 서체로, 꽃으로 남기고 간 흔적은 자연과 사물 그리고 시간이 건네는 무언의 말이다. 꽃이다. 마당 한편에는 저만치 새싹처럼 봄이 돋아나고 있다. 실재의 숨은 깊이를 드러내는 게 시라면, 눈의 바탕에 남겨진 개와 고양이, 새와 새싹의 흔적은 말의 차원이며 말의 기미幾微다. 시는 그 진리와 목소리를 담아내는 그릇이며 장소다. 시의 진실은 겨울이 가고 봄이 오는 사이에 드러난다. 겨울이 가고 봄이 오는 것은 죽음이 생명으로 화하는 시간. 유대계 독일 시인 파울 첼란의 유리병 편지Flashchenpost처럼 발자국 편지도 누군가 마음의 해안에 간절히 닿기를 바란다. 다음은 적寂의 시편이다.

누군가를 배경처럼 나도 저렇게 날아간 적 있었던가
산을 배경으로 마을 앞 들판 위를 백로 한 마리 정물인 듯 지나간다

액자 속 수채화 같은 유리창 너머 시야에 들어와서 사라질 때까지
내 시선을 그 한 몸에 붙들어 맨 채
훨훨 날아갔다 잔영도 남기지 않고 허공은 이전같이 그러한데

눈이 잠시 잡았다가 놓쳤을 뿐인데 내 마음의 공중에는 그가
아직도 날고 있다
초록도 잠잠한 8월 한낮 산도 들판도 내 눈도 다시 적막하다
—「여운餘韻」전문 ①

똑, 똑, 똑,
그리움이라 노크했는데요
꽃송이 송이 허공이
설렘이라 웃어보였어요
감았다 뜨는 눈꺼풀 사이로
줄기도 없이 뿌리도 없이 홀연히 피어
한순간 가슴까지 번지는 파문
눈으로는 잡아도
손으로는 잡히지 않는
있음과 없음의 경계를 가볍게 설파하고는
이내 몸짓을 풀어버리는 꽃
오고 간 흔적 없이
이전으로 돌아온 막막한 허공이
잠시 낯설었습니다
—「비눗방울」전문 ②

적寂은 배후다. ①에서 백로가 허공을 가르며 난다. 산을
배경으로 해서다. 새는 고요한 흐름. 나는 듯 날지 않고 날
지 않은 듯 나는 새처럼, '나'도 언제 한번 '저렇게 날아간 적

있었던가'. 그런 삶의 여백과 여운이 있었던가. 나의 시선은 유리창의 안과 밖, 즉 너머와 여기를 잇고 있다. 어떤 흔적도 어떤 잔영도 남기지 않는 새는 금세 사라지고 만다. 하지만 눈이 아니라 마음 속 깊은 곳에는 여전히 새가 날고 있다.

장 보드리야르는 『사라짐에 대하여』에서 '인류는 사라짐의 방식을 발명한 유일한 종'이며 '사라짐의 예술'이라고 말한다. 허공이 사라짐의 장場이라면, 여운은 사라지는 방식으로 현현하는 내면의 소리이며, 눈과 마음의 사이에서 발현되는 기운이다. 다시 적막하다. 유현한 태도로 사물을 바라보는 게 또한 적寂이라면, 적의 사유 '이미지는 영원을 공허로 공허를 영원으로 만드는 숭고한 힘'(파스칼)이다.

모든 것은 얼마나 멀리 있는가. '멀어서 그리움이 된'(「홍차」) 지금. ②의 경우 비눗방울은 어디에 있는가. '감았다 뜨는 눈꺼풀 사이'에 존재하는 그것은 유무의 경계를 무화시키는 꽃이다. 줄기도 뿌리도 흔적도 없는 그것은 한순간 번지는 마음의 파문이다. '막막한 허공'이다. 설렘이고 그리움이다. 비눗방울이 만들어낸 투명한 원圓의 현상은 '처음과 끝의 중심이며 죽음과 삶이 만나는 중심'(김영석, 「韓國詩의 生成理論 研究」)이다. 기쁨과 슬픔의 묘계현화妙契玄化이다. 다음은 그리움의 소리에 관한 시편들이다.

적막에 박제되었던 소리다
면벽에 봉인되었던 맥박이다
여린 호흡을 짚던 북채가

소리의 근육을 비틀자
파초 잎에 울음을 쏟는 소나기
젖지 않는 땅이 없다
휘몰아 채찍질하는 법륜
고삐 조인 먹빛 소맷자락이
박동의 멱살을 잡고
우레같이 후려치는데
마른 소 울음 들었던가
소릿길을 열고 툭 불거지는 불덩이
얼떨결에 불려나온 심장이
飛天하는 장삼자락에 안기어
하늘 오르고 있었다
—「법고法鼓」전문 ①

노을이 비껴가는 으스름 녘
마른풀 더미 속 어디쯤서 흘러나오는 소리
지렁이 울음소리라 했다

번화가 행인들 발길이 우거진 어디쯤서
배를 깔고 바닥을 기는 사내의
전자반주를 타고 흘러나오던
놓칠 듯 질기게 따라오던 단조의 음계

도공이라면 도기에서
지렁이 울음소리를 들을 수 있어야 한다고
누대 물림으로 흙을 주무른 *심수관의 말씀이 있었다

지구의 흙 대부분은 지렁이 뱃속을 다녀왔다는데
거칠고 딱딱한 흙으로 피 적시며 목 가다듬은

지렁이의 울음은
터널처럼 길고 어두운 뱃속을 빠져나오느라
머리를 짓찧고 몸이 바스러진
흙의 울음이기도 하다
더듬더듬 시간을 거슬러 기어가다 보니
내 몸을 수없이 관통한 낯익은 소리이기도 했다

 * 심수관 ; 일본에 끌려가 사쓰마 도기를 만든 심당길의 14대손

—「지렁이 울음소리」전문 ②

존재와 빛의 다른 이름인 꽃이 이번 시집의 한 축을 이
룬다면 소리는 또다른 축을 형성한다. 읽는 이로 하여금
구체적인 실감을 갖게 하는 「여름 소리」의 경우, 〈개구리
소리, 모깃불 타는 소리, 눈 비비는 소리, 이야기 소리, 꽃
망울 터지는 소리, 풀벌레 소리, 달빛 부서지는 소리, 신발
끄는 소리〉 등으로 차고 넘쳐 있다. 여름은 사방팔방 흩어
지는 소리의 계절이다.

하지만 ①에서는 그 소리가 하나로 모아져 있다. 법고
法鼓다. 절에서 아침, 저녁 예불 때나 법식을 거행할 때에
치는 큰 북을 뜻하는 법고는 소 한 마리 분의 통가죽으
로 만들어진다 하여 '홍고弘鼓'라고도 한다. 이는 단순한
사물로서의 북이 아니라 불법을 전하는 북이다. 박제되

고 봉인된 것처럼 보이는 법고도 북채가 한번 '소리의 근육을 비틀'기라도 하면, 잠재된 힘이 천지와 만물을 울린다. 중생으로 하여금 수없이 맥박이 뛰놀게 한다. 수행자의 집중과 이완을 요구하는 북소리에는 남성적인 힘과 근육이 느껴진다. 깊고 큰 소리가 허공에 울려 퍼지고 점차 거세게 되면 소나기 같은 울음이 쏟아진다. 그 물에 젖지 않는 대지와 사물이란 없다. 법의 수레바퀴가 작동하는 순간이다.

그러나 '우레같이' 북소리를 후려쳤어도 시인에겐 마른 (소) 울음이다. 지난 세월 너무 많은 눈물을 쏟아 더는 흘릴 게 없어서일까. 아니면 젖은 몸으로는 비천飛天할 수 없기 때문일까. 북채를 잡고 얼마나 두드리고 울고 나면 나의 신체와 영혼이 가벼워질 수 있을까. 그리고 하늘을 오를 수 있을까나. 북채는 내려지고 법고는 말이 없다. 나는 깊은 명상에 든다.

②에서 지렁이 울음소리를 아는가. 내(나)가 그 소리를 들은 것은 다저녁 '마른 풀더미 속'에서다. 그 시간과 장소는 존재의 드러남이 아닌 존재의 감춤에 해당한다. 지렁이는 비옥한 토양의 신이자 흙으로 빚어 만든 용, 즉 토룡土龍이다. '도공이라면 도기에서 지렁이 울음소리를 들을 수 있어야 한다'는 옛 선인의 말씀.

'지렁이의 울음은 … 흙의 울음'이다. 도기의 재료인 부드럽고 기름진 흙은 지렁이의 울음으로 생성된 것이다. 그 울음은 '머리를 짓찧고 몸이 바스러진' 지렁이의 고통이다. 고통의 노래다. 이는 시와 시인의 '몸을 수없이 관통한' 소리인 동시에, 도심의 한복판에서 배를 깔고 지렁이처럼 바닥을 기는 한 사내의 아름답고 슬픈 곡조이기도 하다. 법고처럼 지렁이의 울음은 현실과 대지에 기반한 초월의 몸짓이다.

그렇게 보면, 꽃이 흙의 어둠을 뚫고 나와 뿌리를 내리고 새싹을 틔우며, 마침내 한 떨기 꽃을 피우는 현상이란 얼마나 아름답고 숭고한 것인가.「저 남자는 한다」('날씨는 춥고/ 왕복 8차선 횡단보도 앞에서/ 서른 초반쯤의 키 큰 남자가 혼자 울고 섰다/ 버스 안에서도 들릴 만큼 앙앙/ 큰 소리로 울고 있다/ 종이가방이랑 배부른 비닐봉지 한 손에 잔뜩 그러쥐고/ 한 손은 비어있다/ 오후 세시/ 이따금 스쳐 지나가는 행인들이 힐끗거릴 뿐/ 누구 하나 다가서지 않는데/ 앞만 보고 하늘만 보고 소리쳐 우는 남자/ 기이한 일이라고/ 승객들은 저마다의 추측을 들었다 놓는다/ 누구라도/ 저렇게 울고 싶을 때 없었을까/ 우쭐우쭐 어깨들이 키재기 하는 빌딩 숲속에서/ 잡고 있던 손을 놓쳤거나/ 손 잡아줄 누군가가 간절해서/ 저렇게 울고 싶을 때가 한두 번이었을까/ 다들 못 하는데, 저 남자는 한다')에서도 아무나 할 수 없는 행위를 저 남자는 하고 있다.

울음이다. 일찍이 드넓은 요동벌을 마주한 연암 박지

원이 말한 좋은 울음터好哭場와는 달리, 번잡한 도심의 한복판은 젊은 사내가 울기 딱 좋은 곳이다. 울음이 갖는 지극함과 절실함에는 타인의 시선이란 애초 존재하지 않는 법. 시는 불가능의 가능(성)이다.

이외에도 이번 시집에는 땅거미가 지기 시작할 무렵을 뜻하는 '애지랑 날'을 비롯해, '자발없다'와 '수굿하다', '조촘조촘' 등 순우리말 사용이 눈에 띈다. 다음은 좋은 비유와 감성적 표현에 대한 일례이다.

- 모자람의/ 모가 자라는 것 (「모자람」)
- 꽃 이파리 같은 저, 입 (「초승달」)
- 젖은 달빛을 두르고 비탈을 걸어온, 찻잎 (「홍차」)
- 꽃은 가시의 다른 얼굴이었다 (「장미전쟁」)
- 세상은 꽃으로 잇댄 빛의 조각보 (「천지 일출天池 日出」)
- 바람을 들이는 것은 초록이었다 (「고사목枯死木」)
- 몽그라진 싸리 빗자루 거꾸로 세우는 듯/ 잠에도 가뭄이 들고 있네 (「가문날의」)
- 산 아래 나뭇가지 사이로 애벌레 기어가듯/ 기차가 휘어간다 (「늦가을 풍경」)
- 석양이/ 솟은 등을/ 산그늘 쪽으로 밀고 있다 (「호미」)

3.
김계반의 시는 마음의 발자국이 남긴 편지다. 치유와

명상의 한 방편이다. 그런 만큼 시의 저변에는 맑은 슬픔, 아픔과 그리움의 정서가 주를 이룬다. 그리움의 꽃과 적寂과 소리의 이미지는 서로 다른 무늬와 결을 가지면서도 이어져 있다.

인간과 자연, 시간과 자아, 말과 사물의 이치와 흥취에 대한 사유와 방법은 〈아름답고 깊고 먼 것들〉의 감각과 배경적 이미지로 점철되어 있다. 결국 통점과 고요가 잘 조화된 울림의 시, 풍경風景, 風磬의 시다. 그러고도 남는 것은, 등이 휠 대로 휜 (이웃집) 노모의 호미만큼 아름답고 슬픈, 비루하면서도 거룩한 생이 있을까. 눈물이 난다.

산비알 도라지 밭고랑에/ 등 굽은 노모/ 솟았다 갈앉았다 초록 물결에/ 떠내려가고 있다// 땡볕에 달구고 비바람에/ 연단하여/ 높다랗게 휜 등날// 땅을 물고 지쳐온 아흔 해/ 눈도 귀도 아슴한 절벽 저 너머/ 깨금발로 손 흔드는/ 보랏빛 꽃방울, 하이얀 꽃방울// 잡았다가 놓쳤다가, 석양이/ 솟은 등을/ 산그늘 쪽으로 밀고 있다(「호미」 전문)